11 novembre 1857

CABINET

DE

M. LE BARON DE VÈZE FILS

❦

VENTE LE 11 NOVEMBRE 1857

Mᵉ **DELBERGUE-CORMONT**, Commissaire-Priseur,

M. FEBVRE, Expert.

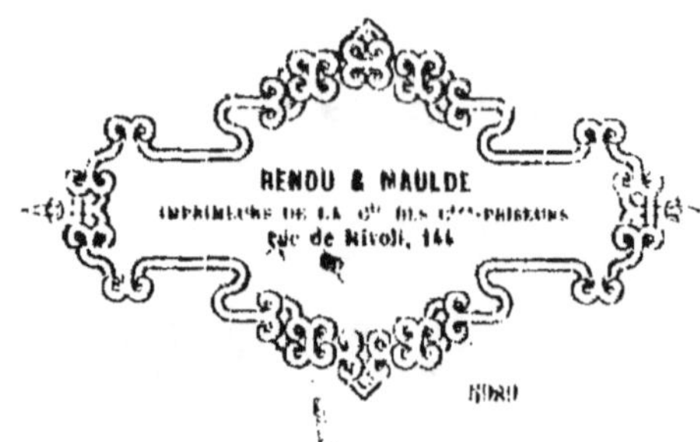

RENOU & MAULDE, IMPRIMEURS DE LA Cie DES IMP.-RÉUNIS, rue de Rivoli, 144

CATALOGUE

DE

TABLEAUX

ANCIENS

DESSINS & AQUARELLES

DONT LA VENTE AUX ENCHÈRES PUBLIQUES AURA LIEU

Pour cause de départ de M. le Baron DE VÈZE FILS

HOTEL DES COMMISSAIRES PRISEURS

RUE DROUOT, N° 5,

SALLE N° 3,

Le Mercredi 11 Novembre 1857, à 3 heures très-précises.

Par le ministère de Me **DELBERGUE-CORMONT**, Commissaire-
Priseur, rue de Provence, 8,

Assisté de M. **FEBVRE**, Expert, rue de Choiseul, 13,

Chez lequel se distribue le présent Catalogue.

EXPOSITION PUBLIQUE

Le Mardi 10 Novembre 1857, de midi à cinq heures.

PARIS

RENOU ET MAULDE

IMPRIMEURS DE LA COMPAGNIE DES COMMISSAIRES-PRISEURS

rue de Rivoli, 144.

1857

D 5417

CONDITIONS DE LA VENTE.

Elle sera faite expressément au comptant.

Les adjudicataires payeront cinq pour cent en sus de leurs adjudications, applicables aux frais.

Le nom de M. le baron de Vèze père est encore présent au souvenir des amateurs, qui se rappellent avec intérêt les tableaux, dessins, livres à figures et les estampes qui composaient son cabinet, vendus en mars 1855; les pièces de nos maîtres français atteignirent, à cette vente, des prix inconnus jusqu'alors; aussi le catalogue savamment rédigé sert-il de base depuis cette époque, et reste-t-il comme le document le plus précieux pour le commerce.

M. le baron de Vèze fils, qui hérita du goût de son père, conserva quelques bonnes toiles et de charmants dessins anciens et modernes; quittant aujourd'hui la France pour se fixer définitivement en Algérie, M. de Vèze a bien voulu nous confier cette petite réunion artistique que nous livrons sans crainte aux enchères publiques.

Parmi les tableaux figurent un délicieux portrait de Nattier, un autre du chevalier Lély, digne en tout du pinceau de Van Dyck, puis des pastorales par Eisen, Lancret et Fragonard ; viennent ensuite les dessins de Boucher, Watteau, Pater, Coypel et Natoire rivalisant de grâce et d'esprit ; puis d'autres plus sévères de Veronèse et de Tiépolo.

Nos aquarellistes de 1830 y sont dignement représentés par des intérieurs de parcs, des plages et des scènes diverses, dus aux crayons si habiles de Decamps, Robert Fleury, Bonington, Roqueplan, Léon Coignet, Fielding, Hildebrandt et autres, dont les noms seuls nous assurent de nombreux visiteurs.

A. FÉBVRE.

DÉSIGNATION

DES

TABLEAUX

ÉCOLE ANCIENNE.

EISEN (CHARLES), dans la manière de Watteau.

1 — La Promenade dans le parc.

FAES (VAN DER) dit le chevalier HÉLY.

2 — Portrait d'un gentilhomme anglais.

> Ce personnage était probablement un officier de la maison de Charles Ier, dont les nobles traits rappellent ceux de l'infortuné monarque; sa chevelure blonde tombe sur ses épaules; il porte épée, une écharpe couvre une partie de sa cuirasse, sa main droite est

appuyée sur la tête d'un dogue qui regarde son maître avec bonté.

Cette production rappelle en tout le faire et la couleur de Van Dyck; nous croyons être dans le vrai en l'attribuant au chevalier Lély, qui reste au rang du plus grand portraitiste de son époque.

FRAGONARD (HONORÉ).

3 — Paysage avec figures et animaux.

GREUZE (Genre de JEAN-BAPTISTE).

4 — Jeune fille assise, le coude appuyé sur une table sur laquelle est un bouquet.

LANCRET (NICOLAS).

5 — Le Nid d'oiseaux.

Ce tableau est une reproduction par le maître de la composition qui figure au Musée impérial sous le même titre n° 315 du catalogue; on reconnaît partout le faire large et l'esprit qui caractérisent les œuvres de l'artiste.

NATTIER (Jean-Marc).

6 — Portrait d'une dame de qualité.

Quelques fleurs dans une chevelure poudrée qui encadre le plus charmant des visages, des joues au vif incarnat, des yeux aussi noirs que doux, une gorge à demi nue, couverte d'un mantelet gris garni de fourrure, sous lequel des mains potelées cherchent un abri contre le froid, voilà ce que Nattier a su rendre avec ce piquant arrangement connu de lui seul ; car ses toiles sont les plus brillants reflets de son époque, règne d'élégance et de coquetterie.

Cette délicieuse peinture est d'une conservation telle qu'elle semble sortir de l'atelier du peintre ; elle sera disputée par les gens de goût.

VELDE (Attribué à Guillaume Van de).

7 — Animaux dans une prairie. Pochade.

WATTEAU (Genre de Antoine).

8 — Danse champêtre.

TABLEAUX

DE

L'ÉCOLE MODERNE.

———

FLEURY (Signé LÉON).

9 — Paysage avec cours d'eau.
— Coteau boisé.

ROQUEPLAN (CAMILLE).

10 — Les Fleurs.

DESSINS ANCIENS

BOUCHER (FRANÇOIS).

11 — Jeune fille jouant de la mandoline.
Crayon noir.

BOUCHER (FRANÇOIS).

12 — Villageoise et enfants se reposant à l'entrée d'un
    bois.

                Crayon noir rehaussé.

13 — Nymphe et Amours.

                Crayon noir rehaussé.

14 — La Bouteille

                Crayon rouge.

15 — Mars et Vénus.

                Bistre rehaussé.

16 — Femme nue.

                Crayon rouge.

CARMONTELLE.

17 — Portrait de femme, époque Louis XVI.

                Crayon noir.

CHARDIN (J.-B. SIMÉON, 1735, signé).

18 — Portrait d'une jeune fille.

                Dessin aux trois crayons.

19 — Tête de cheval, étude.

                Crayons noir et rouge.

COYPEL (NOEL).

20 — La Vision de saint Paul.

Dessin capital.

NATOIRE (CHARLES).

21 — Baigneuse surprise par des enfants.

Crayon noir.

PATER (Signé JEAN-BAPTISTE).

22 — Femme assise.

Crayon rouge.

PATER (Signé JEAN-BAPTISTE).

23 — Petite science et grande vanité.

Deux crayons.

TIEPOLO (DOMINIQUE).

24 — Muletiers italiens.
25 — Lions dans une campagne.
26 — Personnages visitant une ménagerie.

(Bistres).

VÉRONÈSE (Paul).

27 — Les Disciples d'Émaüs.

Lavis.

28 — L'Assomption.

Dessin aux deux crayons.

WATTEAU (Antoine).

29 — Huit portraits de personnages de la comédie italienne.

Dessin aux trois crayons.

30 — Joueurs de cornemuse en habits de fête.

Dessin aux trois crayons.

ÉCOLE ITALIENNE.

31 — Ève offrant la pomme à Adam.

Crayon noir.

DESSINS

DE

L'ÉCOLE MODERNE.

BONINGTON (Signé R.-P.).

32 — Marée basse.

Aquarelle.

33 — La Confidence, intérieur.

Esquisse à l'huile.

COIGNET (JULES), 1820.

34 — Paysage avec gibier mort.

Aquarelle.

DECAMPS (Signé).

35 — Le Gué.

Crayon noir.

FIELDING (Newton), 1831.

36 — Cour de ferme.

Aquarelle.

FLEURY (Robert), 1832.

37 — Une Soirée sous Louis XIII.

Aquarelle.

HILDEBRANDT, 1852.

38 — Plage normande.

Aquarelle.

JOYANT (Signé).

39 — Un canal à Venise.

Aquarelle.

ROQUEPLAN (Camille).

40 — L'Astrologue (1829).

Aquarelle.

ROQUEPLAN (CAMILLE).

41 — Après la chasse.

Aquarelle.

42 — Jeune femme dans un paysage.

Dessin rehaussé.

THIÉNON (CHARLES).

43 — Rêverie.

Aquarelle.

RENOU et MAULDE, imprimeurs de la Compagnie des Commissaires-Priseurs
rue de Rivoli, 144.   5960

www.ingramcontent.com/pod-product-compliance
Lightning Source LLC
Chambersburg PA
CBHW050719070726
47597CB00009B/3710